愚 说
YU SHUO

余 途/著　米家文化/绘

浙江少年儿童出版社·杭州

目录 contents

第四辑 **社会杂感**

第五辑　物外哲思

生灵之悟

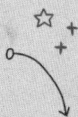

愚说：只要活着就可以不断改变自己，这是一种生存哲学。

蝉

并不是因为

什么都知道

才不停地喊"知了——知了——"

也不是因为

什么都不知道

便不停地喊"知了——知了——"

　　愚说: 聪明的人不一定是什么都知道的人, 什么都不知道的人一定不是个聪明人。

狮　子

饱餐后的狮子

慵懒地躺在草地上享受阳光

路过的兔子说

狮子不像人说的那样强悍

躲在远处的羊说

那是你没看见

狮子吃人的模样

愚说: 狮子也有打盹的时候, 不要等它醒来。

牛 蛙

因为喊声如牛

便姓了

牛

不过

再怎么牛

也不是

牛

愚说: 有些人忘了自己姓什么, 有些人总是炫耀自己姓什么。

螃　蟹

横行霸道
青面獠牙
是它留给世人的
标签
然而每一次蜕变
它都要躲在角落
以保证
安全

愚说：再强悍的对手也有其软弱之处。

变色龙

知道你善变
就更想知道
你为什么善变
一说你基因如此
一说你身边的环境使然
只有你不会说
只会变

愚说：只要活着就可以不断改变自己，这是一种
生存哲学。

长颈鹿（一）

它的思想高高在上
就是因为
支撑头颅的脖子
太长

愚说: 有人之所以不接地气, 就是因为离地太远。

长颈鹿（二）

它能把思想放入云端
就是因为
站得高
望得远

愚说：人所拥有的高度决定他的视野，视野决定他思想的高度。

兔 子

谁也不招
谁也不惹
却说我害红眼病
从不惊天
从不动地
却能当上爷

愚说: 人的社会属性不是与生俱来的, 但一定与自
身的特性有关。

蚂 蚁

回音壁

中国当代寓言作家小辑

单独一只

实在

很不起眼

排成一行

令人

刮目相看

连成一片

才是

最威武的阵仗

愚说：联合起来才有力量，这是蚂蚁都懂的道理。

蝴　蝶

总说是
被招惹的对象
怎不说
她有迷人的花衣裳

愚说：两个人的正确常由两个人共享，两个人的错误常强加给某一方。

母 鹿

鹿妈妈带着孩子
拼命奔跑
为了躲过狮子的凶狠残杀
当小鹿不幸落入狮口
鹿妈妈明知身手不敌
也要掉转头
与狮子搏斗

愚说：母亲对孩子永远舍得。

猫

靠近它的
任何一点异响
都会令它
竖起全身的毛
射出警觉的目光
立起它的爪

愚说: 保持警觉是弱小生命的生存之道。

鸳 鸯

回音壁

中国当代寓言作家小辑

因为形影不离的特性
成为忠贞爱情的代表
人们看到
水中的它们成双成对
却不了解
因为在山林迁徙的艰辛
它们早已被列入
濒危物种

愚说：美丽的爱情也会有危机。

鹦 鹉

有富丽堂皇的羽毛
却不能让人津津乐道
咿呀学语
惟妙惟肖
才是它的形象代表

愚说: 没有自我仍要出众, 只能靠彻底放弃自我。

驴 子

回音壁 中国当代寓言作家小辑

因为它

不会表达抵抗

就将它蒙上双眼

围着磨盘

不停地

转圈

愚说：被虐待虽不是出于自愿，也会成为自然。

蚊 子

为骆驼

这只

庞然大物

送上不被看重的厚礼——

疟疾

渺小的它

便让那个从不正眼看它的它

轰然倒地

愚说：能置你于死地的往往是你看不起的敌人。

邻 友

青蛙是熊猫的邻居

爱叫的青蛙

搅得熊猫家不得安宁

熊猫告诉青蛙

我喜欢安静

青蛙说

我若不出声

哪里还有我的位置

熊猫叹了口气

谁让我们两家的父母

让我们相邻

还命我们为友

愚说：善为邻，慎为友；邻不可择，友不可不择。

老　虎

老虎常年盘踞山端

只是偶尔下山

相传近日被打

子民抽烟袋

虎在与不在

与我何干

愚说: 再大的恶, 与己无关时也会被视为无。

狗

说你贪婪

也说你忠厚

说你无耻

也说你仁义

骂你是狗

爱你也是狗

虽然是人谩骂的对象

却能成为人类的朋友

愚说: 人类对狗的认识体现了人格分裂。

苍 蝇

苍蝇嗡嗡

飞遍千家万户

搞泻小娃

扳倒老翁

若不及时清理

可致人去楼空

愚说：习以为常的灾害才是难以根治的灾害。

乌 龟

静卧一处
尽知四朝五代大事
只会缩头
哪管室外烽火歌舞

愚说：因为长寿，便成为生命在于静止的代表。

猴　子

总是上蹿下跳

到处抓挠

偶见凝神

像不像是在思考

回音壁 中国当代寓言作家小辑

愚说: 思想家静止时的思考却是最活跃的。

骆　驼

能在沙漠里
长时间行走
不吃不喝
并非抗拒食物
而是上路之前
在驼峰做了充足的储备

愚说: 唯有做了充分准备的人可以承担重任。

飞 鸟

回音壁 中国当代寓言作家小辑

看它飞在天上

以为它只会飞翔

就这样

不用落脚

一直飞向远方

愚说：对于幸福的渴望，让人们误以为幸福不会终止。

猎　豹

快速飞奔
从来都不是为了奔跑
凡是上路
定有追击的目标

愚说：优越感一定源自实力。

奶　牛

自身的强壮

是为了让更多的人

强壮

这几乎是

它生存的

唯一目标

愚说: 高尚的品行可以源自本能而非教化。

狐　狸

都说它狡猾
还说它奸诈
可是
有多少人真正了解它
还有很多人
根本就没有见过它

愚说：就像狐狸吃不到葡萄说葡萄酸，有些人相信的只是传说。

斑　马

回音壁
中国当代寓言作家小辑

把人行横道穿在身上
也不能保证自己无恙
因为它
奔跑在猎人的狩猎场
他们的车
横冲直撞
他们手里
还拿着枪

愚说：即使戴着护身符也不要闯入禁区。

天 鹅

回音壁

中国当代寓言作家小辑

超然物外的雍容华贵

吸引了贵族的目光

她被圈入小湖

又被改造了翅膀

从此不再展翅飞翔

愚说：失去了飞翔的跑道，再美丽的翅膀也只是摆设。

小丑鱼

大海里最温暖的色彩
孩子眼中最可爱的脸
童话中的一个丑字
颠覆了一部词典

愚说：在你未知的世界里，千万不要望文生义。

企 鹅

有翅膀但不是鸟

能游泳而不是鱼

一辈子左右摇摆

却不会弄不清自己到底是谁

愚说：尽管摇摆，却仍能找到支点前行。

蜻　蜓（一）

别看它只是

轻轻一点

却留下子孙万千

你说它肤浅

那是你没有能力

像它那样轻轻布局

让自然界变迁

愚说：格局大者，举重若轻。

蜻　蜓（二）

不怕被人说肤浅
对此从不辩解
因为能大范围地捕捉猎物
才是它的特点
终获雷达美誉
靠它一双复眼

愚说：视野广者，决胜千里。

蝌　蚪

不要小瞧了
我现在的模样
总把我
当小玩意儿
那是你不知道
我长大以后
能干多大的事

愚说：不是所有事物都具有成长性，要看你的眼光。

自然物语

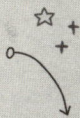

愚说：迷茫往往出现在失去阳光时，要相信太阳一定还会升起。

庄　稼

土有五色：红黑青白黄
庄稼百味：五谷与杂粮
种瓜者得瓜
种豆者得豆
不会种豆得瓜
也不会种瓜得豆

愚说：有什么样的土壤就长什么样的庄稼，有什么样的臣民就有什么样的君王。

天　地

马儿在草原奔跑

大雁在蓝天飞翔

马儿叫大雁到地上走走

大雁说不好

大雁叫马儿到天上看看

马儿说不行

马儿说它离不开土地

大雁说它离不开天空

愚说：驰骋因为有土地，飞翔因为有天空。

秋 天

不再像夏天那样

骄阳似火

随着换季的风

带着金色的希望

走上天空的

依然是暖阳

愚说：秋天也是暖的。不一定要坚信它温暖，但一定要希望它温暖。

沙城堡

有位小姑娘
在距海不远的沙滩上
用沙细心地搭起城堡
日落时分
所有的美丽遭遇海浪
小姑娘暗自神伤
泪滴衣裳

愚说：沙堆的器物尽管看上去坚固美丽，却因为
距海太近，终将消逝。

垃圾桶

不一定都是垃圾
但是有用的东西被放进去
也就成了垃圾

　　愚说：如果你能决定你的去处，一定不要选择垃圾桶。

兰　花

不争宠

不声张

老林深处自芬芳

愚说：做人以低调的高雅为上品。

竹 子

即使被风暴刮倒
低下头
但从来
不弯腰

愚说: 做人有这样的脊梁, 谓之君子。

向日葵

当黑夜降临
我为无法辨别方向
而羞愧

愚说：迷茫往往出现在失去阳光时，要相信太阳
一定还会升起。

郁金香

她的故乡在荷兰
生活在荷兰以外
都算舶来
可这并没有妨碍
全世界各种肤色的人
对她的爱

回音壁 中国当代寓言作家小辑

愚说：若相信人类可以共荣，那么花就是最好的媒介。

梅 花

并不是所有的
花朵
都能像她一样
绽放在
冰雪寒冬

愚说：能在恶劣的环境中生存并保持优美姿态，
可谓之超人。

玫 瑰

高调宣誓

爱情

色彩是标尺

数量为标高

即使阻挡不住凋零

也被憧憬为

永恒

　　愚说: 年轻人相信玫瑰色的爱情, 而爱情却不仅仅是玫瑰色。

百 合

相信一百年

不散伙

不是

美丽的传说

愚说: 爱着才有所寄托。

隐 菊

花白花黄
归隐山中最耐寒
最耐寒
凸显高雅常伤感
常伤感
离人花香谙

愚说：花映文人，文人映花。

荷　花

总拿污泥

做我的陪衬

其实

出生在哪儿

并不重要

重要的是

无论

在哪儿生长

都是一样的

纯粹

愚说：即便不能改变环境，也要洁身自好。

菊 花

流传数千年的诗
铸成了文人的
高雅

愚说：菊花被赋予品格特征，便承担了鉴定的使命。

水　仙

如果说人间有仙
那应该是水仙花
沁人心脾的芳香
把人的情感融化

愚说：世间本无仙境，求之不得，以花寄托。

苹　果

果园里有三只苹果

要用葫芦换

一只又红又大的装在篮子里

一只青涩的压弯树梢

一只又嫩又小的夹在叶子中央

有人用大葫芦换了红苹果

可以即刻品尝

有人用不大不小的葫芦选了青苹果

拥有了短暂的期待

有人用小葫芦换了嫩苹果

憧憬她长大以后的模样

愚说：现实的人活在当下，浪漫的人心怀期待，理想的人选择未来。

回音壁　中国当代寓言作家小辑

茶　意

放下农活的大麦茶
是劳作之余的休整
暂停作业的大碗茶
是恢复体力的能量
让时间流逝的下午茶
是富足之后的享受
让时间凝固的功夫茶
是生活品味的调料

愚说: 茶有生命意味, 懂茶而知生命。

铁　轨

两条铁轨平行

可以跑车

两条铁轨拧巴

肯定翻车

愚说：尊重是一种有效的距离，硬来，便两败俱伤。

小 草

爬雪山，过草地
是战争给人带来的苦难
野火烧不尽，春风吹又生
是对顽强生命力的礼赞
小草有生命，请您勿打扰
是对自然与生命的敬畏
杂草丛生
是对人性腐败的批判

愚说：小草承载历史，体现生命本质，为社会立影像，因此小而不小。

灯 塔

灯塔是海的坐标
灯塔是船的引导
闪烁是灯塔恒久的使命
矗立是灯塔永远的职能

回音壁 中国当代寓言作家小辑

灯塔为人指引黑暗中的方向
灯塔为人把握心灵的航程

愚说：若灯塔落入强盗手中，矗立不如倒下，闪烁不如熄灭。因为灯塔在人心中已成神圣，犹如白天的太阳。

灯

灯用来照明

灯用来装饰

从照明到装饰

是从朴素到华丽，从实用到奢侈

战争、灾难、生活，要照明灯

和平、繁荣、幻想，要装饰灯

世上有各式各样的灯

怀念爱迪生

　　愚说：灯不是可有可无的，若到了可有可无的地步，灯已经不仅仅是灯。看人类文明，看人的心情，看战争与和平，看微观世界，看苍茫宇宙，用灯，看灯。

风

风刮走了沙

风刮走了云

风刮走了帐篷

风把树连根拔起

风把船掀到海底

风吹起了散落在地的情书

风吹起了姑娘额前的黑发

愚说：风吹走了各种各样的东西，唯独吹不走自己。

海

年幼时画海画成曲线

年轻时画海画成直线

年老时画海画成一个个点

海是孩子的想象

海是青年的憧憬

海是老人的回忆

孩子的海是很纯很纯的色彩

青年的心有多大，海就有多大

老人的海已成为段段碎片

愚说：同海相比较，人是渺小的；和人心相比较，海是渺小的。

花

从花蕊形态已引人注目
在吐瓣伊始就招人喜爱
到盛开时迎来溢美喝彩
花开总有花落时
落花总被无情弃

愚说: 人喜爱绽放的鲜花是天然的事, 抛弃败落的花是自然的事。也正因为这天然的喜爱和自然的抛弃, 花儿才不断盛开。

音　乐

音乐是色彩

音乐是空气

音乐是宇宙中的峡谷

音乐是流动的河

音乐是记忆中的岁月

音乐是现实中的年龄

音乐是家园

也可以是废墟

音乐是天堂

也可以是地狱

有人的地方就有音乐

有音乐的地方不一定有人

愚说：音乐响起的时候是音符，音乐结束的时候是人的灵魂。

沙　漠

回音壁

中国当代寓言作家小辑

沙漠是一段地理

沙漠是人留下的痕迹

自从沙开始形成沙漠

人便开始和它疏离

你越是逃避，它越向你逼近

愚说：指荒芜常用沙漠，如文化的沙漠。而了解沙漠者，知沙漠之外荒芜，沙漠之内并不荒芜。若心灵走向沙漠，则是由内到外均荒芜。

天 空

人心有多大, 天空就有多大

天空上飘着风筝, 飞着飞船, 划过流星

天空上飘着云

老鹰去了, 大雁去了, 蝴蝶去了

云去了

气体在天空

沙在天空

男人女人在天空

太阳在天空

乌云在时, 人盼着晴朗的天空

愚说: 天空因为有云而多样, 没有云的天空却完全一样。

星　星

无月之夜，星星闪亮

月似银盘，星如锡粒

薄云飘，星星少

浓云聚，星星不见了

白天，没人寻找寻不到的星星

入夜，望星星，郊密城稀

星星究竟有多少，没人能知道

星星究竟有多亮，没人能知晓

愚说：星星就是这些星星，它们不会因为人看得见而增多，也不会因为人看不见而减少；不会因为人看得清而明亮，也不会因为人看不见而暗淡。星星不为人的眼睛存在而存在，星星却因为人的眼睛的存在而存在。

雪

雪飘洒着，像一片一片的花

雪飘洒着，像一团一团的雾

雪覆盖庄稼，送来的是厚厚的毯

雪覆盖道路，送来的是艰难

雪挡住小伙子的视线，姑娘变得遥远

雪挡住飞机的航线，咫尺变天涯

雪怕阳光

雪怕盐

愚说：雪落下来时是雪，罩得下千般事物，盖得住万种生命；化了，便不再是雪，而且什么也不是。

雨

雨是咆哮

雨是泪

雨是天赠给人的礼物

雨是天推给人的灾难

人因为雨而多情

人因为雨而无奈

雨流成线时，雨化成泥

雨流如柱时，雨变成海

雨是人的渴望

雨是人的畏惧

愚说：千百年来，求雨之处不见雨，避雨之处雨成灾。人求天遂人意，天难遂。天欲助人人难助，天不助人人自助。雨是人的恨和爱。

月

月是人类永远的情人

月圆月缺时

月明月无日

月是爱的笑脸，也是爱的泪花

月是海洋永远的磁铁

潮起潮落时

初一、十五日

沙滩是月作画的痕迹

海浪是月鼓起的勇气

月是人登高的理想

月是人不尽的想象

愚说：月本无生命，赋予它生命，人也就充满了希冀与寄托，知道它靠别的星球发光，也依然希望它自己会发光。

云

云亲吻着高耸的山

姑娘是那云

小伙是那山

流动是云的灵魂

飘散是云的身段

变化是云的性情

她的柔情为山洒雨

任性可挡住太阳

多少人想腾越云上

不过必须征服那高耸的山

愚说：自古以来，对云的描述与想象就有千般万般。其实不用那么复杂，其实很简单。

云 彩

像爬过的山
像游过的海
像一幅流动的画卷
像梦中的一个场景
像压在你心头的恐惧
像带你浪漫飞行的憧憬
小可以很小很小
瞬间消失得无影无踪
大可以很大很大
我们永远不知道它的边界

愚说：你可以看到的并不是所有的真实，所有的真实你永远也看不到。

生命求索

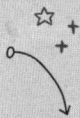

愚说：敬畏是对生命的尊重，是对自己的救赎。

读 书

女孩
当你垂下长长的睫毛
我从你明亮的眸子中
读到了

回音壁 中国当代寓言作家小辑

春天的气息
秋天的情调
读到了
整个世界的样貌
也读到了
属于你的
美丽的世界

愚说：女孩原本属于美丽，书又装下了美丽的世界。因此，读书的女孩最美。

敬 畏

回音壁
中国当代寓言作家小辑

手捧襁褓中的婴儿

让花在屋檐下生长

为觅食的小猫取暖

在红灯亮时刹车

你对眼前那些跳动的生命

心生敬意

为他

也为自己

愚说：敬畏是对生命的尊重，是对自己的救赎。

心　愿

一个女孩

独自

来到海边

把她心爱的彩石

扔进大海

石头在一个浪花中消失

女孩说

一定有一条美丽的鱼

拥有了它

愚说：只有相信自己的心愿能够实现，才有勇气去
追求。

情　缘

她独自一人
打一把红伞
来到有雪的城市
在严寒中
邂逅情缘

愚说：有寒冬的地方总要下雪，有人的地方总会有爱情。

坡 道

连接距离的两端

让障碍变成

平缓的通道

一边台阶

一边坡道

人人都有走坡的需要

愚说：当心灵产生距离时，最好的方法就是走向坡道。

让 步

不是我不能走
是想让你走在前头
不是我走不快
是想让情常驻下来

愚说：让步是一种情怀，亲人间的让步让你变得很可爱。

柔 软

驯马师说

马在松软的土地上奔跑

易失蹄

孩子的妈妈说

小孩在柔软的床上学步

要摔跤

愚说：柔软适合躺卧，不适合直立，更不适合奔跑。

感　恩

深知今天的拥有

都来源于

昨天的所有赐予

由心底

感激所有扶助

感谢所有打击

愚说：感恩是一种情怀，也是一种能力，需要学习。

心　情

心堵的时候

就像遇到了雾

等到风来了

太阳露出头

大雾散去天放晴

心便不再堵

愚说：人的心情就是四季的风。

整 容

从此抛弃自卑的压力
宁可忍受钻心的痛苦
也要改变天生的形象
即使有失败的风险
也要做成功的追求
因为世间美丽的标准
是一个人为制定的模块
是每个爱美者无法抵抗的诱惑

愚说：整容就是以自虐的勇气制造一个新的自己。

让 路

路宽

你停下让胖人行

路更宽

路窄

你侧身让瘦人过

路变宽

反之

该宽不宽

能宽也不宽

愚说：人心有多宽，脚下的路就有多宽。

傀 儡

头和四肢都被拴了线
所有的动作
任人牵
缺血肉缺骨头
最缺的还是脑筋

愚说：人最可悲之处是不能做回自己。

真　话

她认真地说

如果天天给我阳光

我愿意永远生活在原野

如果天天给我海风

我愿意永远漫步在沙滩

阳光成烈日

原野不再是永远

海风成风暴

她认真地跑远

愚说：有时候认真说的话不一定是真的。

分　别

也许是短短几天
也许是永不相见
没有隆重的仪式
没有厚实的承诺
只是
从相视
到相背
只有
一瞬间

愚说：分别是对历史的考验。

人　说

眼睛大些小些圆些细些

都是眼睛

鼻子长些短些高些矮些

都是鼻子

嘴巴厚些薄些干些润些

都是嘴巴

可以看穿宇宙

可以闻遍天下

可以吃透世界

愚说: 人的区别很迷人, 把人区别开很害人。

苦　难

生活制造了
一起
又一起苦难
就如同

回音壁 中国当代寓言作家小辑

小鸟

不断折损羽毛

仍要坚强地

在天空飞翔

愚说: 活着就要习惯苦难, 选择坚强。

眼　泪

女人的眼泪

流成线

流成河

浸透衣衫

藏在眼窝

哪里是柔情脉脉

哪里是辛酸苦涩

不在泪里

你搞不清

愚说：女人的一百次流泪有一百个含义。

起 点

前进着

从起点到终点

却发现

终点就是起点

唯有

继续向前

愚说：追求进步的人会把每一个终点都当作新的起点。

终　点

不想被描述
却无法躲开
如果它来临的时候
你还有机会表达
你会说这只是命运的安排

回音壁
中国当代寓言作家小辑

　　愚说：死亡是给生命过程的陈述句画上句号。当生命抵达终点时，你要对自己说：过程无憾。

味　道

女孩吃着苹果想鸭梨
苹果变成蜡味道
男孩吃着鸭梨想苹果
鸭梨变成水滋味

　　愚说: 苹果和鸭梨的味道没有变, 吃的人想法却变了。

心　胸

不仅能装下海
还能装下海浪的翻滚
不仅能装下天
还能装下天空的变幻

愚说：有这样的心胸，比海宽比天阔，非一般人。

欲　望

是猫对老鼠的厮杀
是老虎占山的不容争辩
是男人对女人的占有
是女人对男人的控制
燃烧时像山火
咆哮时像海啸
热烈时可以融化冰川
冷酷时可以令世界静止

愚说：欲望不仅可怕，也很可爱。

责 任

孩子生下来以后

你要把他养大

不然他会离你而去

责任和权利相伴而生

当世界见证你拥有的时候

一定意味着你需要担当

当世界见证你享受的时候

一定意味着你必须付出

否则

你不再拥有

否则

你无法享受

愚说：能够承担责任的人才能拥有权利。

回音壁 中国当代寓言作家小辑

权 利

你一出生就可以做的事情
是天赋人权
别人告诉你可以做的事情
是后天人权
能吃饭而吃不上
能出行却不能行
是被限制
是被剥夺
原本让你做的事
不再让你做
原本让你说的话
不再让你说
是变更
是侵犯

愚说：限制权利就像生活在牢狱，剥夺权利就像
走进地狱。

狡　辩

被人普遍认知的事物
不需要辩论
比如红色是红色
比如黄色是黄色
需要辩论时

如红色不是红色

如黄色不是黄色

或者他是

色盲

或者他是

故意

色盲可以谅解

故意就是狡辩

愚说：辩论不是认知的必要方法，有些事情不辩就明白，有些事情越辩越不明白。

善 良

善良的人认为天永远是蓝色的

善良的人认为水永远是清澈的

善良的人认为鲜花永远鲜艳

善良的人认为别人说没有饭吃可以把自己的饭给他

善良的人认为别人说没有衣穿可以把自己的衣裳给他

善良的人认为所有的伤害都是意外

善良的人认为所有的罪恶都可以饶恕

善良的人厌恶饥饿、贫困、欺诈、罪恶

善良的人厌恶一切纷争

善良的人却无法躲避饥饿、贫困、欺诈、罪恶和纷争

愚说：这个世界从来不像善良的人想象的那样，因为善良是因一切罪恶而存在的。

能　力

有块木头摆在那里

你不想搬

它还在那里

有块石头摆在那里

你想搬

它一定不在那里

愚说: 没有能不能办的事, 只有想不想办的事。

谎　言

她累了

他问她累不

她说不累

她痛着

他问她痛不

她说不痛

她不告诉他真相

许多年

回音壁

中国当代寓言作家小辑

愚说：亲人间善意的谎言亦是亲情。

讨 厌

一个女孩对一个男孩

反复说着讨厌

从秋说到春

从冬说到夏

把冰河说融化

把苞蕊说花开

把一个人的黑发

说成白发

愚说：一个女人反复说一个男人讨厌的时候，就是她爱上他的时候。

好 奇

婴儿的眼睛

孩子的嘴

凝望时清澈又明亮

每一样都要放在嘴里尝一尝

尝到没了胃口

两眼混浊无光

被孩子说

变老才这样

愚说：保持好奇心的人不会变老。

生　死

生和死在讨论

究竟谁更好

生说

活着可以什么都能看到

死说

死去可以不再看到烦恼

究竟谁更好

愚说：也许死亡没有什么不好，但是活着总是很好。

尊　严

是一个人站在地球上的脸
是这张脸宣告世人的灵魂
是这个灵魂深处的
桀骜不屈的身姿

有一天

有人却让你

没了这张脸

愚说: 人性的恶在于摧毁你的尊严。

后 悔

有件事做了
感觉不是滋味
总归是做过
有件事想做
却永远错过
不会让你知道
是不是滋味

愚说: 后悔不是药, 宁可做过不可错过。

温 柔

轻声细语所到之处

冰河化了

花开了

阳光明媚了

月色妖娆了

人心

都软了

愚说：人性向善的一面，让温柔可以获得更多的
爱。

精 子

在生命通道中的
每一次赛跑
都是为了争得第一
让自己的生命
得以延续

愚说：人类的竞争是注入基因中的，和谐是竞争
的形态和平台。

乳 汁

带着孩子成长所需要的
全部营养
流出母亲的乳房
一个幼小的生命
一天天地见证着
它神奇的力量

愚说：生命传递的密码就是母爱的付出。

疾 病

对肉体和灵魂的侵略

以折磨为手段

证明它在你身体的存在

或有它没你

或有你没它

或也有平衡的状态

愚说：不幸与幸共生，幸才会被珍惜。

疼　痛

仿佛一根木棍

在

不断敲打

你说

我疼

故

我在

愚说：世界是你无法拒绝的光临，你本该有甘愿
被敲开的胸怀。

死 亡

一个清晨

太阳没有照常升起

流动的街道

车子抛锚

物体进入宁静的

梦乡

而空气仍在畅想

愚说：无论你如何努力，都不能阻止它的最终到来，你的生命会以另一种形态存在。

血 液

血液是一条河

血液是一张面孔

血液是一块版图

当红色的河流成清澈

当红润的脸变成白色

当人们不再希望血液染红疆土

血液依然是固有的颜色

血液仍然是生命的支撑

愚说: 人因为输入血液奠定新生, 也因为流出血
液换来新生的生命。输入输出都格外珍贵。

羡 慕

回音壁 ▼ 中国当代寓言作家小辑

她羡慕她可以享受阳光

她羡慕她可以不晒太阳

她羡慕她有车

她羡慕她有房

她羡慕她吃也不长胖

她羡慕她不吃也茁壮

羡慕让她暗自神伤

愚说：越是没有的越是需要的，而人往往忽略已经拥有的。

社会杂感

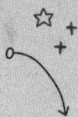

愚说：每一种进步总会让人类付出代价，人在教训中清醒。

倒　车

倒车，请注意
既是提醒路人
也是提醒自己
向后走一点，比向前走
更不容易

回音壁　中国当代寓言作家小辑

愚说：不是胆大心细就可以一直倒着开车。

魔 术

明明手里有鸡蛋

让你看到一空盘

回手变成一只鸡

让你

傻眼

愚说：魔术是让你知道假，却不知道怎么假的把戏。

沉　默

不是不会发声
而是不能发声
在暴风骤雨的夜晚

回音壁 中国当代寓言作家小辑

每一盏寻路的灯火

都被雷电湮没

于是隐忍

在期待无雨的清晨来临中

静坐

愚说：沉默是放任嚣张的无力选择。

金　钱

原本仅是易货的兑换券
不知何时成为粪土
进而变为万恶之源
以致爱它求它的君臣
满身恶臭
沦为罪人

愚说：在有钱即是错的人眼中，金钱盛名之下其实难副。

空 子

纸被撕开一道缝隙
木板要钻一个洞
铜铁需打过眼
每个人都想变成
北方的风
从中穿过

愚说：不论是先有缝，还是先有风，不论是缝迎合了风，还是风爱钻缝，好钻空子蔚然成风。

子　弹

一粒子弹

被射手射向钢板

瞬间

向射手的方向

反弹

愚说：子弹可以射向别人的心脏，也能射穿自己的
胸膛。

历 史

老人带着孩子

阅读

历史书

老人一页一页讲

孩子一页一页翻

厚厚的书上

承载着辉煌

埋藏着悲伤

老人的叙述

让孩子翻也翻不过去

那沉重的页码

愚说: 历史是一本书, 有些页码不能轻易翻过去。

拐　弯

左拐
还是右拐
是一个问题
你左摇右摆
它让你迷失
自我和方向
你犹豫彷徨
它让你成为道路上的绊脚石
你肆无忌惮
它让你车毁人亡

愚说：拐弯不是问题，拐错弯才是问题。

投 资

如同跳水
跳进杂草丛生的浑河
等待你的
将是
万劫不复的命运
跳入五彩斑斓的深海
回报你的
会是
无穷无尽的宝藏
不过
你要有一个好身体

愚说：投资水深，别蹚上浑水，还是可以锻炼成
游泳健将的。

方 向

有的车开过了站
需要倒车
有的车方向正常
却被要求倒车
都是轮子向后转
此转非彼转

愚说：只有方向正确的倒车才会接近目标。

诡　计

自从人类能思考
就有了计谋
继续把人作为人的谋略
是仁计
把人搞成鬼的
是诡计

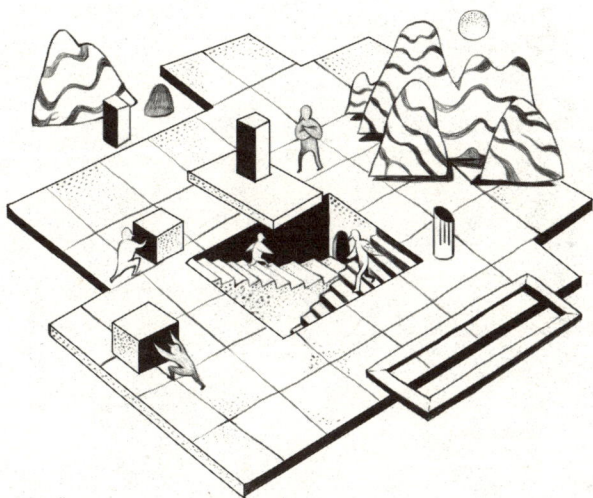

　　愚说：有的人避免把自己变成鬼，有的人主动把
自己变成鬼。

人　心

虽然隔着肚皮
却依然有温度
自己耍弄
他人玩弄
都会使它落地

愚说: 人心不是商品, 却可以用来交换。

反　差

高楼上站着要向下跳的女孩
一个尖锐的声音在叫喊
你快跳下来
成群的海豚搁浅在岸
众人焦急地把它们
一一拖回大海

愚说：对待生命的态度是检验人性差别的试金石。

通 道

为救护车让路
就是给人
打开
生的通道

愚说：只有尊重人权的国家，生命通道才会通畅。

狗　事

狗对人狂吠
人对狗疯吼
狗恼怒
咬人一口
人呢

愚说：狗咬人一口，难道人也要咬狗一口？

纠 结

向左是纠结

向右是纠结

向上是纠结

向下是纠结

不左不右

不上不下

不纠结

愚说：纠结就是一个结，结住了要解。

冷　漠

风是冷的
吹透了他的衣裳
冰是冷的
冻僵了他的手掌
目光是冷的
凝固了他的心脏

愚说：世间最残酷的是被目光冷过的心。

武 力

王室宝殿中悬挂得最高的
是立过战功的
刀枪盾牌
既是鼓励
又是炫耀

愚说：有一种权力叫武力，权力确认的过程也是武力实施的过程。

城 堡

坚硬的外墙

包着柔软的细纱

极尽奢华

王子公主的梦想

延续着世袭的金碧辉煌

叫人难以想象

愚说：城堡是一个人围起的千万人的梦想。

145

代 价

蒸汽机让生活快了起来

然而，过度燃烧

造成的雾霾

让人们思考

如何让太快的生活

慢下来

　　愚说：每一种进步总会让人类付出代价，人在教训中清醒。

权　力

想做什么就做什么
想怎么做就怎么做
想做到哪里就做到哪里
想做到怎样的程度就做到怎样的程度
人的欲望需要手段来帮助实现
被论证过的手段就是权力

愚说：权力源于对欲望的公开论证。

位　置

有历史的国家讲血统

比如英国

没有历史的国家讲实力

比如美国

一个面对历史

一个面对未来

都在世界上有自己的位置

愚说：一个人或一个国家在社会上或在国际上有位置，均因为有实力，历史也是实力。

留　学

留美学生
习惯了牛仔、T恤的自由与潇洒
留英学生
喜欢上制服、皮鞋的尊贵与高雅

愚说: 学什么有什么是学了, 学什么像什么是真学了。

盾 牌

早年

为了抵挡长矛和箭

如今

可以挡住口水和石块

它是农耕游牧时代的

防护衣

不要让它

遇上炸弹

愚说：再坚固的盾牌也不可能防御一切。

暴　力

你的拳头

打在她的脸上

她的眼睛

没有

流下眼泪

心

却在

滴血

愚说：暴力最大的伤害不是打了人的脸，而是打了
人的心。

抬　杠

两个年龄相当的爷们儿
在抬杠

回音壁　中国当代寓言作家小辑

他说他心态青春

抬多了容易闹事

他劝他不要老得太快

不用抬就作古

一个脸红

一个脖子粗

愚说：无谓的争论没有胜利者，只能让时间流逝。

对 手

两个手拉手的人
面对突如其来的棕熊
松开双手
拼命跑
两个奔跑的人
看谁跑得慢一些
熊在追

愚说：面对危险，你的对手有可能正是你的朋友。

出　卖

你帮助强盗掠夺了农场
他施舍你一袋干粮
无论你的
目的何等荣光
赐予你的
永远是
背叛的勋章

愚说: 出卖者只会被利用, 不会被尊重。

真 相

隔着一层布

隔着一层纱

或许很美

或许很差

总想把布揭去

总该把纱撩开

而开启的瞬间

不仅仅是惊诧

愚说：很多人喜欢真相，当它真来了，又难说喜欢。

朋 友

不是恋人

却手拉着手

不是家人

却互相扶持

不是兄弟

却一个背着另一个

不是亲人

两个人却紧紧拥抱

愚说：朋友之所以为朋友，是因为汉字"朋"形象地表现了朋友之间的紧密关系。

路　人

先贤说世上本没有路
走的人多了也就成了路
凡人说原本我们不认识
聊着聊着就认识了
原是路人
不再路人

愚说：原来人都是可以互相认识的，就像路都可以走在你的脚下。

挑 战

车子由人制造

人不再与车赛跑

也许有一朝

机器装上人的大脑

看人往哪儿跑

愚说：人挑战制造机器的极限，机器就会挑战人生存的极限。

集　成

个体能力局限

显而易见

群体也有范围区间

假设机器集成

智慧无限

也许

人类只能

失业

愚说: 进步的人类才能防止人类走向崩溃。

物外哲思

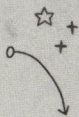

愚说：动物能达到的高度，决定了它所获取的食物；人能达到的高度，决定了他的格局。

良 知

对于大米的黑与白

不需要

用什么精深的知识判断

是生不是死

是死不是生

不需要掩盖

愚说：刻意颠倒者惧怕良知。

气 球

五彩气球飘向迷人的方向
他说我要跟随她
直到远方
他紧紧地拉着气球的线
气球却在半空中碎成片

愚说：坚定的追随者最大的悲哀是，当你发誓永
远伴随气球在天空飞翔时，气球却破裂了。

撕　裂

一块完整的
肌肤
被外力
往不同的方向
拉扯
决绝而冷酷

愚说：当撕裂由肉体遍及灵魂，终结痛楚的是麻木。

反 省

面对罪责
必须低下
曾经高昂着的头
清理
内心的混浊

愚说：拒绝反省，是为自己的脸挂一块遮羞布。

入 世

我被带入世界的时候
并不知道她就是
世界

回音壁 中国当代寓言作家小辑

我"哇哇"地宣誓

我来了

就会了解她

爱她

愚说：人的生命只有一次，是从珍惜与被珍惜开始。

来　世

带着依依不舍的

深情

与我熟悉的世界

告别

感恩我和你们

相处的

每一个时刻

我相信

还有新的世界

迎接我

恩说: 懂得感恩, 才会从容度过在世的每一天。

普　世

我是一只白色的鸟

我是一只黄色的鸟

我是一只黑色的鸟

我是一只棕色的鸟

我是一只蓝色的鸟

我们来自不同的航道

却同有一双自由飞翔的翅膀

相互认知

彼此接纳

天然有着五色的同好

愚说：自由是人性的根本需求，因普遍而无须证明。

救 世

生命最大的悲哀

莫过于

南来北往

却找不到自己的家园

顽强的大雁

望着雏鸟张开的小嘴

衔来枝条和树叶

把家搭建

愚说: 救世者首先要救自己。

172

欺 世

化过妆的脸
还蒙着灰色的纱帘
流动的气息
令底色背后的面孔
无法遮掩

愚说：盗取的名声注定不可靠。

路

一个人
走啊走啊
走在路上
回头望去
感觉很长很长

一条路
很多人走着
走啊走啊
路变得很长很长

回音壁　中国当代寓言作家小辑

愚说：一个人看自己走过的路很长，一个人的路
放在人群中来看很短。

地 道

与天与人行

厚而谦

长养万物

绵绵不绝

善为先

愚说: 能承载重物者可成天下大事。

高　度

蚂蚁看见面包渣
老鼠看见一块糖果
树上的猴看到有很多果子
飞翔的老鹰看到地上跑着动物

人看到这一切

世界就属于人类

愚说：动物能达到的高度，决定了它所获取的食
物；人能达到的高度，决定了他的格局。

飞 行

飞行要有一个起点

飞行要有一个方向

没有起点的飞行

没有高度

也不会找到终点

没有方向的飞行

最终仍是迷茫

愚说: 决定飞行前, 要找好方向; 准备飞行了, 要找好起点。

天　目

把物放到天底下

天会看吗

人做事在天际

天会不解吗

天会刮风

天会下雨

天会飘云彩

天会让你望不到边

天还会电闪雷鸣

也会有晴天

愚说：天目是一双人看不见的眼睛，当它注视人间时，总是目光炯炯。

合　眼

面对刺眼的阳光

一个老人

微笑着

他慈祥地

合着眼

愚说：面对太阳损伤，最好的方法就是合上眼睛。

风 情

当空气静止的时候
人们渴望风的到来
是因为
小风怡情
大风去霾

愚说：总有一种风是为等风的人而刮，总有一种
情是为有情的人而生。

因 果

狼吃羊

羊变少了

猎人没有羊肉可吃

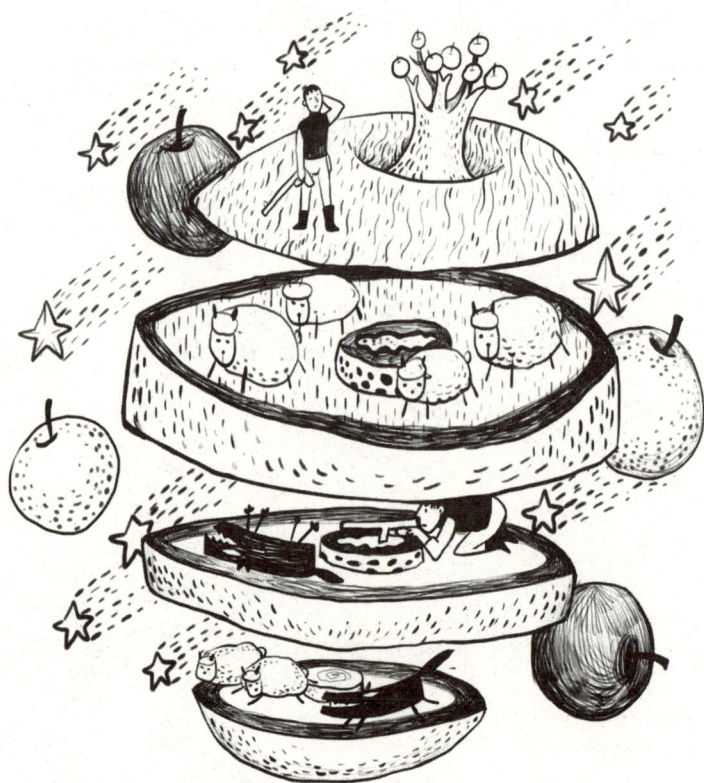

狼被猎人捕杀

羊变多了

草地却少了

猎人的环境变坏

猎人杀羊

狼也少了

羊也少了

猎人就只剩草了

愚说：人需要什么就试图改变什么，当然也会被
需要改变。

知 足

回音壁 中国当代寓言作家小辑

有人睡在地上

犹如活在天堂

有人身在天堂

却总像在地狱一样

愚说：知足者才是真富有者。

害　怕

洪水的浪头
火山的焰火
流氓的恐吓
暴徒的枪口
你不由自主
选择了颤抖

愚说：害怕是人的本能，然而，害怕有用吗？

影　响

一滴清水掉进

污水池

污水还是污水

一滴污水掉进

清水池

清水不再是清水

愚说: 不高估善的力量, 也不要低估恶的能量。

极　简

当杯子的世界

琳琅满目

一只纯白色的瓷杯

舍弃了金色的花边

日日伴随

便成为物质和精神的依恋

愚说：极简是追求精致而非简陋的生活品质。

面　子

国人一张脸
不看有风险
会看还不行
美言是重点

愚说：面子有多大？有用不用量，没用也不用量。

礼　节

它是横在人群中的气垫
里面空洞无物
却能减少磕碰

愚说: 要, 繁; 不要, 烦。

慎　独

如果独自行走

踢到绊脚的石头

你就悄悄拾起

把它挪出街道

如果独自行走

踢到街边的路标

你就悄悄扶起

把它重新插牢

愚说：慎独是用自己内心的眼睛养成人类的高尚品格。

低　调

将绚丽的高音

调到

沉着的音区

透射出

更具影响力的色彩

愚说：低调是源自内心控制的高端品质。

未　知

如同打开一座山
发现了山中的宝藏
又想知道
后面还有多少琳琅

愚说：智慧的人生不是什么都知道，而是保留一些未知。

日 出

一个又一个清晨
你的出现
成为
撒向海面的花瓣
铺陈田野的黄金
成为
孩子头上的明灯

愚说：日出是每一天人们生活的希望，再幽暗的
心灵也会被它照亮。

障　碍

不是所有的障碍

都来自尘埃

不是所有的障碍

都来自灵魂之外

障碍是好是坏

要看是谁需要它的存在

愚说：没有只阻碍他人不妨碍自己的障碍。

心 房

鲜花驻进
沉闷的
心房
幽闭的空间

色彩飞扬

四壁不再狭窄

仿佛

豁然开朗

愚说：有花的位置，心也变得美好。

陌 生

曾经不相识

才有更相知

熟悉已过

才更生疏

陌生难

不陌生亦难

愚说：陌生了的熟悉不会真的陌生，当我们可以从曾经熟悉的物件里找回熟悉的一切，才知道我们既反对熟悉又惧怕陌生。

格　调

有型

有貌

有情

有调

流水常清

遇山则高

愚说：格调是内心充盈后的取舍与塑造。

天 明

窗户蒙了黑布

仿佛

太阳不在天幕

其实

日月轮回

谁也挡不住

愚说：无论天看上去有多么黑暗，总是会亮的。

关于愚说的几句话

我认为自己在文学上一直是愚笨的学生，所言也大多是愚的，所幸都是自己思考所得，呈现出来就是现在的《愚说》。愚人愚言，能不能有益智的内容，我想也许能有。

这本《愚说》用了诗的形式，每一篇后面都有"愚说"的一句话。诗可以独立，句子也可以独立，诗和句子互为补充，合起来仍然是完整而独立的。

几乎每个写作者都有诗的情怀，即使不写诗，也有写诗的冲动；即使没写成诗，也有诗意栖居的求索。诗是一种规格，诗意则是一种情怀。一度，我不敢把我写的东西称作诗。如果说把散文分行写就是诗，那么这是被诗人所不耻的。我是不是把散文分行写了？也许真的是呢。还好，我了解诗是讲究韵味的，诗是追求意境的。还好，我没有想当诗人。每一个标题，触动了表达的欲望，而一种方式可以成为这种欲望的最好表达，是不是诗已经不那么重要了。作为寓言作者，我更看重这个形式是不是有效地传递了作者的思想。这不是一个轻松的话题，但凡思想都应该有一定的分量，这样写法真的可以举重若轻吗？还好，我是愚的，不知轻重，说了也就说了。倒是看过我原稿的第一读者给了我信心，说他们喜欢；做这本书的编者给了我鼓舞，告诉我作品中每每有令人叫绝之处。我想，这应该可以是《愚说》存在的理由了。

《愚说》写了一百多个人们常见的题目。我也常想，在人类不断求索的过程中还有多少内容没有被发现？生活中的许多事物，细细去琢磨是很有趣的，一个老题目，一个老话题，如果能保持孩子般的眼光，如孩子似的发问，总会有新的发现。一个咿呀学语的孩子因为不停地问"为什么"，于是他了解了他和他的爸爸妈妈，随后解决了许许多多他眼中的谜，直至了解了整个世界。在《愚说》的创作过程中，我接触到一些孩子，他们给了我慰藉和指引，告诉我童心在的人就不会缺少发现。我把这一切的发现用一句一句的话说给世界听，虽笨拙，甚至愚钝，却有孩子心灵深处的单纯，在我，把这看成了宝贝。这个世界因为有他们而可爱。我用他们的眼睛去发现，我把我的发现奉献给他们，希望可以永远。

《愚说》还有一类作品是孩子暂时难以完全理解的，我想孩子是会成长的，也要长成大人，他们早晚会理解《愚说》究竟在说什么。我们知道，世界并不因为孩子弱小就不向他们展示强悍的特性，孩子恰恰是在不断的接触和不断的积累中增加对世界的了解和认识。就像他们不知道大游轮是怎么造出来的，但是他们坐上游轮就知道游轮可以带他们到远方。何况，如今的孩子心智发育早，想象能力丰富，理解能力强，不可小瞧他们。我要感谢浙江少年儿童出版社，感谢他们的眼光和包容。

《愚说》成书的这一年，母亲已经病重，书稿交给出版社并定下出版意向，我想母亲还可以见到儿子给她的礼物和答卷。可到当年七月，母亲病情进一步危重，没等我的书出来，就离开了我们，给我留下难以弥补的遗憾。现在，书面世了，虽然母亲不能亲眼看到，我也要送给母亲，因为我知道她喜欢看她儿子写的文字。

我要感谢给我支持和帮助的我的亲人，这本书同样是送给你们的。没有你们，我的日子不会是现在的样子，也就没有《愚说》。

我要感谢寓言，这个古老到有五千年历史的文体，一直以她特有的魅力吸引着我，让我围绕着她在灵魂深处起舞。

后记收笔时，我抬头望见悬挂了十几年的木匾——"天道酬勤"，不禁自我宽慰：愚属拙的一类，靠勤能补，也会有老天帮忙。

余　途

图书在版编目（CIP）数据

愚说/余途著；米家文化绘.—杭州：浙江少年儿童出版社,2018.5
（回音壁：中国当代寓言作家小辑）
ISBN 978-7-5597-0406-1

Ⅰ.①愚… Ⅱ.①余…②米… Ⅲ.①寓言-作品集-中国-当代 Ⅳ.①I277.4

中国版本图书馆 CIP 数据核字(2018)第 036390 号

回音壁 中国当代寓言作家小辑

愚说
YUSHUO
余途/著

责任编辑　张灵羚
文字编辑　徐紫馨
插图绘制　米家文化
装帧设计　米家文化
责任校对　施　威
责任印制　姬江松

浙江少年儿童出版社出版发行
杭州天目山路 40 号
杭州长命印刷有限公司印刷
全国各地新华书店经销
开本 880mm×1180mm　1/32
印张 6.625
字数 107000
印数 1—5000
2018 年 5 月第 1 版
2018 年 5 月第 1 次印刷
ISBN 978-7-5597-0406-1
定价：27.00 元
（如有印装质量问题,影响阅读,请与承印厂联系调换）

承印厂联系电话:0571-88533963